혀꽃의 사랑법

몰개시선 003

혀꽃의 사랑법

정일근 시집

몰개

시인의 말

젊어서 사숙私淑했던 분들의 근작 시집을 읽고 왜 시집을 또 묶었을까 하고 안타까운 마음이 들 때가 있었다. 내가 그런 기평譏評을 받을까 경계하며 또 한 권의 시집을 묶는다. 내가 나에게 칼같이 엄격해지길 바라며.

2023년 7월 28월

차례

2부 수국총수국총

1부

펜 혹의 향기

독활獨活
—서시

더 이상 세상 바람에 흔들리지 않아야겠습니다. 불혹 지천명 지나며 작은 바람 큰바람에 흔들리며 휘어지고 꺾어져 아픈 상처 입고 깊은 병 얻어 여기까지 왔습니다. 나이 이순 지나 독활로 다시 일어섭니다. 독활, 비바람 몰아친들 흔들리지 않는다는 말이지요. 나에게 당당하여지자는 약속이지요. 쌍떡잎식물 산형화목 두릅나뭇과의 여러해살이풀인 땅 두릅나물의 이름 또한 독활이고, 이 봄 밥상 위의 맛이며 좋은 약의 이름이지요. 바람에 상처가 난들, 또 덧난들 이제 무슨 대수겠습니까. 상처가 스승이어서, 병이 스스로 약을 찾아내는 일 아는 이 나이에 들어.

시인의 꽃

펜을 잡고 오랫동안 시를 쓴 시인에게는
가운뎃손가락에 꽃으로 핀 펜 혹이 남아 있지
시인이 엄지와 검지로 힘주어 펜을 잡을 때
그 펜이 중심 잃지 말라고 단단하게 받쳐 주던
중지, 가운뎃손가락 첫마디 왼편에 맺힌 꽃송이가
고통의 순간순간 참을 수 없다는 듯 솟아오르지
그렇다고 모든 펜 혹이 꽃이 되는 것은 아니지
굳은살이 쌓여 울퉁불퉁 피어오르면
시인은 날카로운 면도칼로 싹둑싹둑 베어 버리지
아직 때가 아니면 더더욱 힘주어 펜을 잡고
밤새워 잠들지 않고 가야 하는 시의 길이 있지
길을 잃으면 다시 바닥에서 시작하길 되풀이하다가
맨 밑바닥에서 새살이 돋아 공든 탑을 쌓을 때
펜 혹이 되는 거지, 스스로 제 살 도려내는 상처 속
가장 아름답게 피어난 시인의 꽃이 되는 거지
꽃이 핀 그 손으로 시의 향기 만들어 내는 거지
쓰지 않고 두들기는 컴퓨터 자판이 펜인 이 시대에서는
절대 열리지 않는 영혼의 문이 손에 있는 거지

시인이 시를 손으로 읽는 이유를 배우고
시마다 꽃으로 핀 펜 혹의 향기를 맡는 것처럼.

독수리 난민

영하 40도 혹한의 울란바토르 떠날 때
하늘이 어는 칭길테 빈민촌 아이는
남쪽으로 떠나가는 독수리가 부러워
곱은 손 흔들어 주었을 것이다
따뜻한 땅 배부른 꿈에 독수리 가족
살자고 한반도 남쪽까지 날아왔다
소 돼지 닭 잡아 선물하며 반기던
겨울 손님 겨울 진객 시절은 끝나 있었다
도착 즉시 검은 난민의 유죄 행렬에
죄 없이 줄 서는 신세 되고 말았다
AI 철조망 쳐졌다 난민 조사가 시작됐다
구부러진 강한 부리 날카로운 발톱
부끄러워 숨겨둔 대머리 독禿까지 내보이며
입국허가의 푸른 도장을 기다리는 동안
허기진 맹금의 털이 빠져 부고처럼 날린다
기다리다 지친 가족은 뿔뿔이 흩어졌다
누군가의 주검이 묘비 없이 땅 위에 나뒹군다
이젠 먹지 못해 날지 못하는 새 독수리여

까치 까마귀 텃세에 구석진 곳까지 밀려
퀭한 눈빛으로 떠나온 북쪽을 바라본다
천연기념물로 대접받던 동방예의지국에서
AI 난민 되어 잡새 무리로 몰린다
혹시 모를 배급을 기다리다 굶어 죽어 가는
여기 아시아 대륙 동쪽 끝 철새의 무덤
난민 인정률 4.1%의 대한민국이 무섭다
겨울은 쇠로 만든 철 채찍보다 가혹하고
봄은 돌아갈 하늘길보다 멀고 아득한데.

백야와 흑야 사이

아내 따라 이사한 마을에 백야가 있다 나의 밤은 해가 지지 않는다 젠장맞을, 백야가 나에게 가르쳐 준 혼자 중얼거리는 욕이다

낮에는 볕이 불처럼 뜨겁고 저녁부터 밤은 얼음처럼 차갑게 빛난다 아내는 내가 보는 백야를 알지 못한다

낮에 볕이 지나가며 그림자를 만들 때 마을에 가로로 길게 다닥다닥 붙은 주택은 길 위에 생긴 대로 요철 그림자를 그린다

심심할 때 나는 그 셰이드 로드에 커피나무로 숨어 비상구인 북 카페로 간다 늘 같은 커피를 시킨다

대학로 학림다방 오르는 낡은 나무계단이 13개인 것처럼 의자가 13개가 있는 그곳에서 책장의 책을 꺼내 읽기엔 내 눈은 늙어 젊은 활자가 보이지 않는다 시력이 점점 흐려진다 백야 탓이다, 젠장

커피를 제조하는 젊은 주인이 이사 왔다는, 가끔 오는 이 중늙은이가 시인이라는 것을 몰라서 다행이다 나는 멍하게 창밖으로 오가는 사람 구경하는 일이 책보다 재미있다

나보다 먼저 애보개를 위해 서울로 이사 간 친구에게 백야 이야기를 털어놓았다

친구는 자신의 마을은 흑야에 갇혀 있다고 눈이 점점 밤처럼 어두워진다고 한다 실명될지 모른다고 담담하게 이야기한다

나와 친구는 오래지 않아 백야와 흑야처럼 서로를 알아보지 못할지 모른다 다음에 만나면 목소리를 점자처럼 더듬어야 서로를 알 것이다

나와 친구는 골목 두 개를 사이에 두고 살고 있다, 아

니 한 개인가?

나는 별만 보고 친구는 그림자만 보는 것은 아닌지, 같은 도로 같은 번호 위에서.

고래란 소리가 올 때

음절이든 어절이든 말 하나 귓속으로 늘어가 고막을 울려 소리가 될 때

그 앞에 놓인 피아노 건반 2만 개 두들기며 지나간다는데

가령 내게 고래란 소리가 올 때마다 누가 그 피아노 힘차게 연주하는지

고막은 대북처럼 울리고 심장까지 쉬지 않고 따라 뛰며 앙코르를 외치는데

고래, 자다가 나를 벌떡 일어서게 하는 소리 있다

고래, 결국 나를 펑펑 울게 하는 소리 있다.

고래, 비치코밍

검붉은 해변에 나가 죽어 있는 고래를 주워요
심심할 때마다 죽은 고래에 바람을 불어넣어요
진해선 철로 변 여인숙 담벼락 아래
버려진 콘돔 주머니 가득 넣어 다니며
자랑처럼 풍선을 불던 철없던 어린 시절처럼요
아직 죽지 않은 고래 곁에서는 잠시 기다려 줘요
곧 숨이 넘어가겠지요, 아저씨 고래를 밀어
자꾸 바다로 돌려보내려 하지 말아요
21세기에 살았다는 이유로 아저씨는 이미 유죄예요
물고기 대신 폐비닐이 살아 헤엄쳐 다니는 바다에서
뱃속 가득 그 비닐 잡아먹은 고랜 모두 가라앉을 거예요
죽기 위해 사람에게 찾아온 고랜 바람 빠진 풍선이지요
가끔 바다에서 뻥, 뻥뻥 고래 터지는 소리는
레퀴엠 같은 우리 시대 바다의 비치코밍이지요
고래의 꿈은 바다의 끝인 푸른 하늘에 닿는 것
그곳에서 하늘로 자유롭게 유영하는 것
죽어 텅텅 비어버린 바다의 바닥에서
힘껏 바람을 불어 넣어 고래를 날려 보내요

바다가 하늘로 떠난 지 오래인 세상에서
고래가 섬이고 별인 우주의 새파란 수평선까지지요.

운명

바다 색깔 머플러가 도착했다

내 목을 친친 감게 될

깊은 바다 무게 같은 운명에

나는 자꾸만 금 밖으로 솟구치고 싶었다

나는 기꺼이 사랑하다가

고래가 되어 운명에 목 내밀어 순교하리다

내 마지막 항진에

그대는 그 바다의 등대이거나

붉거나 흰 천을 날리며

심해에서 나를 부르는

사이렌의 쉬어 버린 노래이려니

내 옆구리엔 오래전 작살이 박혀

바다는 천천히 붉어진다

손톱 발톱이 다 빠지는 고통의 하얀 밤에

고래의 피 울음소리로 찾아갈 것이니.

고통, 고래

혹등고래 한 마리 거대한 제 몸 밀어 올려

망망대해 위로 펄쩍펄쩍 뛰어오르는 일에 환호하지 마라

고래는 단지 존재의 간지러움 때문에 힘껏 치솟아 오른다

혹등고래가 제 등짝 바다로 던져 장관의 물 폭탄 터지지만

그건 장중한 고래의 작은 기생충에 대한 참을 수 없는 가려움이려니

그건 또 뭍에서 바다로 가 손이 퇴화한 포유동물의 불편한 고통이려니

손닿지 않는, 여기저기 숨은 내 생의 구석구석 닿지 못

하는 부자유에

밤새 혹등고래인 양 펄쩍 뛰어오르며 만경창파 치는 해도를 꿈꾸며

나 또한 등짝 갈라져 피가 나도록 고통스러운 시를 쓰는 날이 있었다.

시詩로 가는 길을 묻기에

무진장 무진장 눈 오는데

누군가 다섯 수레 책 이고 지고 오는데

그의 발자국 눈에 찍히지 않는다면
그것이 시詩다

태산 지고 가만사뿐 일어서는
장강 감고 옆쌍홍재비 재주 부리며
외줄 건너가는 시詩를 보려면

그 사람 따라가라

시詩 한 편 들고 무거워 눈에 푹푹 빠지며
시詩로 가는 길 묻지 마라

눈을 감으면 갈 수 있는 길
너는 왜 자꾸 눈을 뜨고 찾으려 하는지

오는 곳 모르니
가는 곳 또한 모르니

애오라지 보이지 않는 길을 따라가라
발자국 남기지 않고 따라가라

깡깡 언 얼음 속에서
홍매화 피는 소리 피처럼 낭자하게 젖을 때까지 가라.

시를 쓰려면

시를 쓰려면 시 속에 활화산 같은 불씨를 뿌려야 하리 음절과 음절 사이, 행과 연 사이사이 골고루 뿌려 다독여 둬야 하리

시를 쓰려면 시 속에 깊은 우물 하나 파 둬야 하리 시가 시들시들 말라가면 우물을 때려 대성통곡 시켜 시의 뿌리부터 다시 차갑게 젖게 해야 하리

시를 쓰려면 시 속에 산불을 숨겨야 하리 바람이 부는 날엔 늙어 버린 시를 활활 다 태워 그 재 속에서 어린 시의 연초록 새순 새롭게 솟아오르게 해야 하리

시를 쓰려면 시 속에 잘 벼린 칼 한 자루 놓아둬야 하리 누가 읽든 단숨에 시의 꽃이 피지 않는다면 시인은 그 자리에서 스스로 제 목을 쳐야 하리.

혀꽃의 사랑법

꽃은 언제나 비밀이어야 하지. 은밀히 그 비밀에 닿기 위해 나 역시 혀부터 쑥 내밀어보는 거야. 그런 혀를 꽃인 듯 내미는 두상꽃차례가 있어. 가령 당신이 사랑하는 만추의 하얀 구절초가 그래. 그 많은 순백의 긴 혀를 가진 혀꽃들이 꽃인 듯 내밀고 사랑을 유혹하지. 그 혀 깊은 곳에서 꽃은 노란 은유로 숨어 때를 기다리지. 혀와 혀의 뜨거운 시간이 지나면 은유는 저절로 열리는 꽃문이지. 꽃이라 믿었던 꽃은 혀꽃일 뿐, 내가 감춘 주제를 읽기 위해 비유부터 더듬어 오는 당신처럼 사랑이든 벌나비든 혀꽃을 향해 날아드는 거지. 그것이 열매 맺지 못하는 헛꽃이지만 슬픈 사랑은 아냐. 혀가 끝나는 곳에 내가 가진 가장 뜨겁고 단단한 바라밀波羅蜜이 숨어 당신 기다리고 있지. 수백의 혀를 둥글게 펼치며 지금 나는 고백 중이야. 사랑해. 사랑한다니까. 순간의 계절이 지나면 나는 사라질 것이니. 결국 당신 또한 사라질 것이지만.

사랑한다는 말은

—경주남산

사랑한다는 말은 언제나 마지막 인사여야 하느니
사랑하고 있을 때 그런 말은 불어가는 바람이거나
그 바람에 흔들리는 하얀 민들레꽃 한 송이면 족하리
당신이 기쁨을 만날 때 나는 슬픔이기도 했으니
당신의 눈물을 보았을 때
나에게는 핏빛 배는 통곡이기도 했으니
잎일 때 꽃을 보는 일처럼
꽃일 때 날리는 폭설을 생각하느니
왕이 죽어 능 하나 남길 동안
우주의 중심은 여기로 와 서라벌의 원으로 남았다
사랑은 그에게로 가 그림자로 붙박이는 일
눈발이 내 마음 손수건 한 장 크기로 남은 곳으로
그립다는 말은 겨울나무 추운 그림자로 따라왔는데
사랑한다면 믿어라 그 위에 별이 쌓여
다시 하얀 민들레꽃이 필 것이니
잔기침 같은 바람인들 인연이라면
꽃은 참을 수 없다는 듯 풍화할 것이니
사랑한다는 것은 죽음 앞에 남기는 약속이거늘

앞 생에서 당신 따라 여기 왔듯이
다음 세상에까지 인연으로 따라간다는 맹세이거늘.

금목서 여자

바다는 물옷 걷어 물밑 은밀한 둔덕을 내놓고 누웠다. 젖은 부근으로 빈 배 몇 척 모로 누워 들뜬 듯 뒤척인다. 멀리 밤의 방파제 가로로 길게 걸어 돌아서 걸어오던 여자에게서 은은한 살구 내음이 났다. 여자를 지켜보며 바다 굿당 뒤편에 숨어있던 나에게까지 그 내음이 밀려왔다. 지난여름 여자가 혼자 살구를 진둥한둥 받아먹는 뒷모습 본 적 있었다. 나에게 그 모습 허기진 흑백사진으로 남았는데, 누구의 아이를 가졌다는 비릿한 내음의 소문이 그쯤 말리던 청어인 양 집집이 널려 펄럭였다. 이상한 건 아무아무도 여자가 사는 곳을 몰랐다. 집이 어딜까, 먼 거리 사이에 두고 나는 여자 뒤를 따랐다. 마을 초입에 이르러 바다에서 부는 해풍 막느라 촘촘히 심어둔 금목서에 이르러 여자는 다 알고 있다는 듯 뒤돌아서서 나를 빤히 바라보았다. 서른 걸음 이상 떨어진 거리에 달 없는 밤인데 여자의 눈빛 내 두 눈에 선명하게 닿았다. 순간 나는 뜨겁게 달궈졌다. 숨이 턱 막혔다. 내 몸 안에서 꽹과리 소리 징 소리 요란했다. 그때야 여자의 얼굴 내 눈에 잘 익어있는 것을 알았다. 누구지? 누구지? 머릿

속에서 사진첩을 빠르게 뒤지는데 여자는 홀연 사라지고 없었다. 놓치면 이번 생에서 다시는 만날 수 없을 것 같아 냅다 뛰었다. 여자가 흔적 없이 사라진 자리에서 살구 내음이 물씬 났다. 바다를 배경으로 일렬로 줄 선 금목서마다 등황색 꽃과 향기 만개했다. 소금 잔뜩 품은 바람이 불었다, 멀리서 바닷물이 뭍을 향해 빠르게 밀려들기 시작했다. 나는 여자의 아이가 내 아이일지 모른다는 생각을 처음으로 해 보았다.

반짝반짝, 간질간질

나는 심장이 약한지 가끔 오른쪽 모로 누워 잠잘 때가 있다. 그건 아내를 등지고 누운 꼴이다. 그러면 아내의 손이 내 겨드랑이로 파고든다.

아내의 행동은 잠결에 이뤄진다. 아내의 손가락이 내 겨드랑이쯤에서 자주 꼼지락거린다. 무슨 꿈을 꾸는지 알 수 없지만, 그 손가락은 어린 시절 별의 반짝반짝을 표현하는 손동작 같다.

반짝반짝. 아내가 별이라는 생각이 든다. 아니면 아내는 별에서 온 메시지를 나에게 전송해 주고 있는지 모르겠다.

그런 반짝거림을 어린 시절 냇가에서 보았다. 햇볕이 반사되며 빛의 알을 산란하는 느낌이었다. 학창 시절 그런 모습을 나타내는 말이 윤슬이라는 것을 배웠다.

나는 윤슬이 가득 넘치는 냇가에서 어린 물고기를 잡

으려 했지만 내 손에 잡히는 물고긴 없었다. 어쩌면 나는 물고기가 아닌 빛을 잡으려 했을지 모른다. 아니면 빛보다 더 작은 빛의 알을.

아내가 내 겨드랑이를 통해 보내주는 반짝반짝 수신호는 내가 잡지 못한 그 어린 물고기들이 나를 유혹하는 안부인지 모른다고 생각한다. 나는 이내 어린 시절의 냇가로 돌아가 물고기를 잡는다.

물고기들은 모두 아내의 손가락이 되어 반짝반짝, 간질간질, 내 겨드랑이를 간지럽히며 달아난다.

황금세월을 사다

보이차 포장지에 금박으로 찍힌
황금세월黄金岁月*이란 이름이 부러웠나 보네
내게 황금 같은 세월 찾아오길 꿈꾸었는지
주머니 탈탈 털어 좋은 세월 375g을 샀네
언젠가는 번쩍번쩍 빛나는 순도 999.9%
값나가는 시간 찾아와 주리라 기대했었네
태어나 황금세월 살아보지 못했기에
부적 삼아 차 마시며 살다 보면 깁옷 입고
어사화 다시 쓰는 날 찾아오리라 기다렸네
밤에 깨어 황금세월 차 한 잔 우려 마시네
차를 두고 꾸는 내 꿈은 한낱 춘몽일 뿐이니
내 살과 뼈 비비며 살아온 지난 시간이
모두 황금세월이었다는 한 생각 배우네
아픔이며 눈물 상처 모두 사람 공부되어
육십갑자 잘 살았네 잘 살아 여기 왔네
시간이란 돌아올 수 없기에 황금 아닌가

*중국 윈난성 맹해차창 70주년 기념병으로 만든 보이차.

세월을 품었던 몸엔 이런저런 영욕이
찾아왔다 떠나가며 무늬를 남기는데
돌아보고 헤아려보고 만져보니 빛나네
생에 마침표를 찍는 순간까지
세월은 목 빼고 기다리는 일 아니네
옷감처럼 잘 지어 아낌없이 나누는 일
마지막엔 내 것 하나 없는 빈손인데
황금이면 어떻고 부귀영화면 뭐할까
입 안 가득 번지는 연광年光의 향기에
가슴속 들끓던 인생 한바다가 고요해지네.

2부

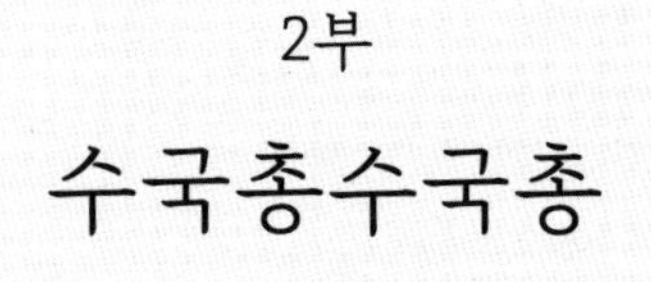

수국총수국총

위대한 독서

—아프리카 간도 학교에서

상수리나무 잘라서 따갑고 눈 부신 빛을 가리는 비스듬한 나무 벽 촘촘하게 쳤다
프리츠커상을 받은 그 동네 출신 건축가의 작품이었다

빛은 나무와 나무가 모여 스크럼 짜고 서 있는 곳에 모두 멈춰 서서
어디에 뚫고 나갈 빈틈이 숨어 있는지 반짝반짝 수런수런 작전회의 중이다

나무가 불볕을 막아 만든 웅숭깊은 그늘에서 곱슬머리 흑인 소년이 조용히 책을 읽고 있다 소년은 위대한 독서를 하고 있다

소년은 닳아 너덜너덜한 책 속의 길을 따라 달려간다 자신이 살아가는 아프리카를 21세기로 데리고 가기 위해 말라서 먼지가 풀풀 날리는 대지를 힘차게 달려가고 있다.

꽃의 항의

창원 봉곡동 어디 어디 주택가 담벼락에 영춘화가 별무리인 듯 노랗게 피어 흘러내린다

봄이 왔다고, 봄이라고 왁자그르르하다가 그 봄도 잠시 어느새 수백의 꽃송이 흔적 없이 지고 그 위로 화려한 꽃 클레마티스가 피는데

무엇이 급한지 4월이 아직 남았는데 성숙한 성하의 꽃이 요염하게 온다

그러다 보았다 영춘화 녹색 잎 속에 숨어 작은 꽃, 딱 한 송이 남아 항의 중이다

여봐 시인 날 봐, 아직 봄이라고, 내 차례인데 여름꽃이라니!

온몸으로 존재가 피어 항의하며 봄에서 여름으로 지나가는 나를 가르친다.

수국이 핀다

수국이 핀다, 꽃잎은 꽃잎대로 소곤소곤 쏘곤쏘곤 꽃은 꽃대로 수군수군 쑤군쑤군 여름 온다고

수국이 핀다, 산방꽃차례 따라 가지 끝에 청백황홍青白黃紅이 열어졌다 짙어졌다 이 색 저 색 옷 갈아입으며 여름 왔다고

수국이 핀다, 유월 모일某日에서 칠월 모일某日까지 소복소복 수북수북 둥글게 빚어 허공 밥상에 꽃들의 만발공양萬鉢供養 받들어 올린다.

수국총塚수국총塚

아이야 피는 수국꽃이 몇 송인지 헤아리지 마라
그 사이 또 그 사이에 꽃이 핀다

아이야 지는 수국꽃이 몇 송인지 헤아리지 마라
그 사이 또 그 사이에 꽃이 진다

삶이 한 송이 수국의 꽃잎인들 어찌 다 헤아리다 가겠는가
꽃잎 한 장 한 장마다 생로병사가 되풀이되는데

수국총塚수국총塚 꽃 피는 자리가 꽃 지는 자리
너 또한 피는 꽃이었다가 너 또한 지는 꽃이거늘.

쪽빛 적멸寂滅

큰비 오시면 안다, 안국사 쪽빛 가람 세찬 물소리 위에
떠 있는 푸른 경전이라는 것을

비 그친 새벽하늘이 그 말씀에 첫눈 뜨고 흰나비 한
마리 대웅전 툇마루에 새벽예불 오셨다가

날개 활짝 펼친 채 쪽물 들어 등신불로 적멸에 드신다.

별불*

먼 하늘에서 제 불 켜는 별을 위해
고성 천황산 품에 안긴 쪽빛 가람
겨울밤 불 끄고 맨발로 벌서며
별불 온몸 펼쳐 다 받아 불탑 쌓는다

겨울 밤하늘 밤새 흐려 추운 별 하나 나와
잠시 잠깐 반짝하고 사라질지언정 귀하게 받아서.

*필자가 만든 별빛의 다른 말.

만월滿月 단청丹靑

산은 하늘 주인이 내려와 사는 천황산인데
남루하여 새 단청 입지 못하는 산절이 있다

사월 보름달 새벽에 찾아오시면, 절은
벌떡 일어나 제 남루한 알몸 천천히 돌려 가며
한 홉 한 작 남김없이 꼼꼼하게 색을 받는다

달빛이 비단 금비단을 짜서 툭, 던져 놓고
어허 꽃이로다 꽃! 제 이마 탁, 치는 밤에
우주의 별이 일제히 눈을 감는다

천하절색이라는 말 이 절색에서 나왔으리

한 달에 한 번 찾아오는 만월의 단청불사인데
달이 돌아가실 때 절이 오체투지로 올리는 사례는
만개한 때죽나무 꽃내음이 전부다.

쪽빛 화엄華嚴

안국사 대안스님 숨겨둔 쪽 독에 시를 담가 설렁설렁 흔들흔들 혼자 놀았을 뿐이지요. 뭉게구름 피우던 새파란 하늘이 찾아와 다시 물들여달라며 제 몸 열두 필 길게 풀어놓고 갔을 뿐이지요. 두고 온 검푸른 동해가 돌고래 떼와 함께 따라와 야단법석 펼치며 한바탕 신나게 놀다 갔을 뿐이지요. 천황산 맑은 물이 쉬지 않고 흐르며 푸르게 헹궈 주었을 뿐이지요.

사람이 물들이는 색이 어디 있나요.

꽃과 풀, 햇볕과 바람과 물이 물들이지요.

당신에게 고백하지 못한 아픈 눈물이 얼비치며 물들이지요.

언젠가 다 날아갈 색을 위해 물들이는 것이지요.

복사꽃 목도리

은현리 복사꽃 활짝 피자 꽃샘추위 왔다

시인은 어쩌나 어찌하나 말 걱정뿐인데

복사꽃 나무 제 꽃으로 붉은 목도리 짜

제 몸 꼭꼭 두르고 뜨뜻하게 서 있다

시인이 호들갑 사랑해 줘 봤자지

내 이럴 줄 미리 다 알고 있었다며.

쉿!

쉿, 아내가 손가락으로 내 입 막는다

아내의 눈길 따라가다 만나는 여린 풀잎 등에서

나비 두 마리 짝짓기한다

쉿, 바람이며 높이 날던 새마저 잠시 숨을 멈춘다

풀잎이 휘는 제 등 이 악물고 곧추세워가며

온몸으로 받쳐주는 저 사랑 앞에

모두 다 함께

쉿!

머꼬?*

풀리지 않는 시에 고민하다 백 살이 넘은 은현리 음나무 찾아가 답을 물었는데. 세월 백 년을 손마다 꽉꽉 잡았다가 서서히 펼치며 내게 되묻는데. 머꼬? 백 년 가지 못하는 시는 써서 뭐 할라꼬. 백 년 견디지 못하는 종이에 그 시 찍어 또 뭐 할라꼬. 머꼬 이 머꼬? 백 년을 하루같이 사람에게 좋은 약이 되는 음나무 그 반질反質에 아뜩해지다가 온몸에 소름 가시 돋는데.

*'무엇이냐?'의 경상도 사투리.

큰일 났다!

거제 학동 바닷가에 바다로 창이 나 있는 시詩 쓰는 작은 방이 있지 어제 집으로 돌아오면서 창을 열어두고 왔네 큰일 났다! 학동 몽돌 굴리며 놀다가 바다로 다시 돌아가지 못한 세찬 파도 소리 창을 넘어와 방안에 꽉 차 있겠네 방은 학동 바다로 변해 있겠네 흑진주 몽돌 갈아 펜을 만들어 블루블랙 잉크 찍어 쓰다 만 내 시는 어쩌나 그 시 파도 소리에 풀어져 바다로 다 돌아갔으면 어쩌나 시는 사라지고 백지만 남아 있으면 어쩌나 어쩌나 큰일 났다!

때죽나무꽃인 듯

고개 빳빳이 들고 핀 꽃 같은 시절이 있었시. 좋았던 왕년이지만 너무 빨리 지나갔어. 그걸 알기에 때죽나무 흰 꽃들은 아래로 달려 피지. 나뭇잎 그늘에 떼 지어 피지. 이젠 그 꽃 한 송이로 족해. 그 아래로 은현리 맑은 개울 흘러가니 축복이지. 때죽나무는 꽃향기가 참 좋아. 내 지고 나면 그것을 내 시라고 이름 해준다면. 앞서거니 뒤서거니 꽃이 지면 그 개울물 따라 서쪽으로 돌아가면 그뿐인데. 인생 때죽나무꽃인 듯 그렇게 핀다면 좋지. 그렇게 진다면 더 좋지.

사는 것이 무엇인지

—김종삼풍風으로

사는 것이 무엇인가 내가 내게 묻는다
마산 중성동을 지나 창동으로 걸어가면서
그 자문의 답에 대해 골똘히 생각한다
추억과 인연이 있는 이 골목 저 골목마다
나를 부르는 사람이 담방담방 나타났다
불쑥불쑥 사라졌다, 가슴에 묻은 이름은
가장 빛나는 별이 된다고 믿었다
별이 되지 못해 고장 난 가로등 아래
낡고 허물어진 담벼락에 기대어 아직 울고 있는
생몰연대가 괄호 속에 갇힌 가엾은 영혼은
내가 내게 던지는 질문에 답을 하지 못한다
창동 지나 불종거리 지나 오동동으로
가다 뒤돌아보면 따라오는 야차가 많다
통술집에 같이 앉아 빈 잔마다 술을 붓는다
사는 동안 사는 것이 무엇인지는 모르는데
죽은 사람이 사는 일을 어찌 알겠는가마는
결코, 찾지 못할 답인 줄 알면서
결국, 대취해서 비슬비슬 집으로 돌아간다

그래 사는 동안은 살아내는 것이 인생이니
오늘을 살아야 내일이 오는 것이니
내 발로 내 생을 돌리며 지구를 돌리며 간다
살다 그 답을 알지 못한 채 사라진들 어떠하냐며.

슴슴한 슬픔

전화 받지 못했네요
잠시 잠들었나 봐요 독한 약 때문이라고
변명하기 싫어요 그렇게
내 병과 약을 들키기 싫어요
내 생의 한순간이 완전히 블랙아웃 되었다가
다시 천천히 페이드인 되면서
내가 나를 다시 찾아와 옷처럼 입네요
이 별에 나뿐이라는 생각이 들어요
바람이 닫힌 문을 지나가듯
나를 두들기네요 저녁이 오고
어둠의 중력이 내 곁에 웅크리고
청승맞게 노스탤지어의 노랠 불러요
나는 그런 노래가 좋아요 유행가는
내겐 부르는 것이 아니라 보는 것이지요
어제 낮에 본 수수꽃다리
그 보랏빛을 수의로 입고
누가 죽어 가는지요 밤마다
찾아오는 귀신의 안부를

만신이 되어 일일이 호명하며
찬물에 찬밥 말아 같이 앉았네요
저승이 손닿는 가까이 있을 것 같은
문 열고 나서면 바로 가닿을 듯
손 내밀면 붙잡힐 듯한 시간에
슴슴한 저녁 밥상 앞에 두고.

3부

꽃가지의 금강보살

그냥

그냥이라 이름 부르는 길고양이 있다
세탁소 앞 나무 탁자 그늘에 배 깔고
연일 삶아대는 찜통더위에 침묵한다
덥지? 묻는데 꼼짝하지 않는다
하안거에 든 빛돌 스님 얼굴 겹친다
더위 걱정에 선방 찾아갔다, 그냥 돌아가라
칼 같은 전언만 들었다, 그냥이 저 마음일 거다
더위는 온몸으로 이기는 자의 몫
더위를 피해 도망 다니는 내 말에 그냥이
눈 감고 침묵으로 방 한다, 그냥 가!

독거의 꽃

등 굽고 귀먹은 노인이 독상을 차리는 저녁이나

망망대해 먼 바다에서 홀로 저녁을 맞이하는 늙은 고래나

살아있는 것의 세상 끝자리는 다 독거獨居다

시간을 소진해서 생명이 사라지는 언저리는 고독한 법

견뎌 내기에 아름다운 독거는 생명의 마지막 꽃

좋았던 왕년往年 활활 불태워 저승 갈 때 들고 가는

길 잃지 않으려고 꽃 등불 하나 환하게 밝히는 일이다

불구덩이에서 태워져 사람이 한 줌 재로 돌아갈 때

고래가 죽어 바다의 밑바닥으로 돌아갈 때

빈손으로 온 생을 불 밝히며 들고 가는 꽃 한 송이.

지리산서 백두산까지

백두산 병사봉에서 내려와

지리산 천왕봉까지 백두대간

3,743리 산줄기 내려왔으니

내려오며 한반도의 모든 물줄기

동과 서로 나눴으니

이제는 올라가며 동해와 서해까지 불러 모아

가자, 백두산 가자 천지로 돌아가자

흩어진 모든 것 하나 되어 만사 대통하자

그 백두산 가는 시작, 지금 여기, 이 자리

지리산, 지리산서 가자.

내 탓, 네 탓

여름 가뭄 불더위에 열대야까지

어허 지구가 왜 이래

짜증내며 투덜거리지만

얼음물 마시고 오줌 누면

내 오줌이 뜨끈뜨끈하다

냉수 한 사발 입속에 넣어 입가심하고

내뱉으면 역시 뜨뜻미지근하다

지구 잘못 아니다, 내 잘못이구나

지구를 망친 것 내 탓, 네 탓

모두 사람 탓이다.

봄꿈, 진해

꽃 피는 봄밤의 꿈은 자음으로 꾼다

연로하신 어머니 곁에 누워 자는 잠 속에

진해의 벚나무 한꺼번에 꽃 만개했다 날렸다

즐겁고, 향기롭고, 선명하였다

잠 깨서 그 꿈 이야기하는데 도저히 설명할 수 없다

어머니에게 지난밤 꿈이 참 좋았습니다

이야기를 꺼냈다가 결국 횡설수설하다 만다

나이 들면서 꿈에서 모음이 사라진 지 오래지만

어머니 그 꿈 다 아시는 듯 빙그레 웃으신다

옳거니, 저 미소가 어제 내가 꾼 봄꿈이었는데!

공존의 이유

북향으로 작은 집 앉힌 친구 있다

겨울엔 볕 좋고 여름에 시원한 남향 두고

산그늘 깊은 북향으로 집을 놓은 이유 물었다

답 대신 사람 좋게 한 번 웃어 주었을 뿐이다

남쪽에 늙은 매화나무 일찍 꽃 피어 향기롭다

그 곁 봄까치꽃 단독주택이 별처럼 빼곡하다

모두 꽃 창 활짝 열고 남향 볕 듬뿍 쬐고 있다

집 주위 천천히 한 바퀴 돌아보다가

친구의 소이부답笑而不答에 따라 웃을 수 있었다

이 북향집 뒤란에 은현리 봄이 가장 빨리 와 있었다.

꽃의 모성

세찬 비바람 속에 피는 꽃 보며
때 이른 삼월에 피는 꽃 보며
꽃 떨어질까 안타까워하지 마라
꽃은 힘이 센 열매의 어머니다
세상의 모든 모성
제 자식 포기하지 않듯
꽃은 열매 맺기 전까지
꼭 잡은 손 놓지 않는
꽃가지의 금강金剛보살이다

보라, 어금니 꽉 깨문 저 어머니들.

선물

나무가 제 몸 찢어 가지에 하늘길 내어 준다
가지가 제 살 찢어 꽃에 땅의 향기 내어 준다
입춘이 먼 삼동설한 가장 추운 날에
여기 산사에서, 가장 뜨거운 홍매화 꽃피우는 이유는
빈자의 일등一燈으로 삼라만상을 밝히는 일이다
자신이 가진 것 모두 다 내어 주고 받는 축복이다
사람이 사람답게 사는 일이 저런 자세야 할 것이다
다 주고 남은 빈손으로 아침이 즐겁다면
남루한 간난艱難이래도 저녁이 넉넉하다면
그대여 이 홍매화 붉은 꽃 곁에 나란히 서라
사는 세상 넘치도록 고맙게 복 짓는 저 선물 받아라.

창조 중인 시인

그냥 지나가지, 오줌발 처음 봐

시인은 뭐 노상 방뇨 못 하나

자꾸 왜 봐 너도 갈겨 봐

곧 땅이 녹고 봄이 올 거야

내 오줌 아래 봄까치꽃이

구름처럼 찾아와 때를 기다리고 있어

나는 지금 봄을 만드는 중이야!

시인의 준말이 신이잖아

어이 어……, 나는 창조 중이야.

죽음의 형식

이번 생은 여기까지라고 생각 들 때가 있어

이제 마지막이다 싶을 때 자리보전하고 누워라

입 꾹 다물고 스스로 곡기 단칼로 자르듯 끊어 버려라

금金이라는 그 침묵보다 위대한 일이 이 일이다

행여 살려고 징징거리며 명의 명약 청하지 마라

허기진다고 사잣밥 끼니 허겁지겁 이어 가지 마라

죽은 뒤에 내 모습 생각하라

세상의 마지막 평가는 죽음의 형식에 있으니

주검이 사람이 될지 귀신이 될지 고민하라

죽음이 뚜벅뚜벅 걸어와 내 앞에 섰을 때.

은목서 사랑

네 손 손사래를 치며 뿌리치는 일이 그렇다

입에 뾰족하게 가시 세운 말 또한 그렇다

미움이 없었다면 내 어찌 꽃피웠겠는가

외사랑이 깊어지다 마음 먼저 병들었지만

너 돌아선 뒤 피우는 내 꽃 좀 봐

눈물인 듯 송알송알 맺힌 흰 꽃송아리 봐

그 향기에 놀라 네 되돌아서지 않는다면

우리 와락 하나가 되지 못한다면

작별하자 우리 꽃 시절 꽃 인연 거기까지니

나는 남쪽 바닷가에 홀로 지는 흰 꽃일 뿐이니.

저기 동백이 오고 있다

얼음이 꽝꽝 어는 정월 추위 속에 온다
방울토마토 크기만 한 동백 꽃송이
빨간 입술 감싸듯 내밀며 온다
그 속에 대여섯 장의 꽃잎으로 온다
흰색 수술 노란 꽃밥 감추며 은근슬쩍 온다
엄동에 활짝 피어나
겨울 동冬을 이겨 꽃이 되기 위해 온다
그러다 소문이 사실인 듯 활짝 피어날 것이니
위대한 겨울의 꽃, 동백이 오고 있다
저기 화려하게 지기 위해 동백이 온다.

작별

나를 끄고 누워 우주의 별을 켠다

형형색색의 별빛이 쏟아진다

뺨에 와닿아 따스한 별빛은

자신의 별이 여전히 뜨겁다는 안부다

뺨에서 눈물방울로 맺히는 별빛이 있다

떠나온 별이 사라졌다는 슬픈 전언이다

사라진 별의 이름은 모두 작별이다

아멘, 믿는 자는 아니지만 성호를 긋는

영혼으로 조문하는 작별 인사가 있다.

수국이 피는 풍경

거제시 일운면 양화4길 1 파란 대문 집 수국 보러 가면

아픈 다리 절며 찾아와 꽃 곁에 주저앉은 늙은 할머니 향해

귀를 활짝 열어라, 사람은 살아온 나이만큼 말씀에 꽃이 피고

꽃나무는 땅에 뿌리 내린 세월만큼 깊은 꽃을 피운다

저 할머니 쭈글쭈글한 얼굴은 인생이 피운 최고의 꽃

수국은 해풍에 허리 꺾이며 버텨 왔기에 수북하게 꽃 핀다

수국이 말한다 꽃에 향을 더하는 것은 꿀이 아니라 소금이라고

수국이 마주한 망치望峙 해변에서 꽃이 오고 사람이 온다

할머니는 말하고 수국꽃은 고개를 끄덕이는 풍경 안에서

사람이 수국으로 활짝 핀다 수국이 사람으로 걸어 나온다.

바다의 장례

물수제비뜰 납작납작한 돌을 모았다

거룻배에 실어 운구했다, 노 저어 바다를 찾아

저어 나갔다, 그믐보다 더 깊고 어두운 밤이었다

바다는 거대한 검푸른 수의를 입고 누웠다

돌을 들어 제문 쓰듯 물수제비떴다

물수제비 여러 개 만에 피식 피시식

힘겹게 시거리*가 일었다, 내 영혼의 혼불이

다 빠져나갔다, 바다의 유언이 저러하려니

---

*그믐이나 달이 뜨지 않았을 때 바다에서 파도나 돌, 모래 등의 자극을 받으면 야광충이 반짝거리는 일.

바다가 바다를 열고 그 안으로 깊이 가라앉았다.

바다가 바다에 남기는 절명시가 저리하려니.

제주 폭낭*

제주가 4월을 지날 때마다 폭낭은 허리가 굽는다

가지는 자꾸만 하늘로 날려 하고 몸통은 땅으로 주저앉는다

뭍에서 온 사람은 팽나무라 불렀다, 열매에서 팽팽

4월의 총소리가 난다고 했다, 폭낭의 몸속 깊이

총알과 바람이 같이 박혀 비가 올 때마다 붉은 피가 솟았다

빈틈없이 하늘을 뒤덮는 까마귀 떼 울음소리 자욱했다

폭낭은 그만 돌아가고 싶었다 굽은 등 서쪽으로 쭉 펴고

*팽나무의 제주 방언.

편히 눕고 싶었으나 아직 기다리는 사람은 오지 않았다

장자불와는 꿈꾸지 않았지만 원망이며 슬픔이 끝나는 날

폭삭 삭아 버려 폭석 주저앉아 사라지고 싶었다, 폭낭은.

왕년에, 왕년에

—한국현대문학사

왕년은 흘러가는 것, 다시 돌아오길
기다리지 마라, 이미 다 흘러갔다
내 열 몇 권 시집은 대부분 절판됐다
그건 왕년은 다 흘러가고
남아 있는 것은 몇 줄 약력뿐이라는 것
빵집으로 보자면 저녁 빵이 나올 시간인데
기다리는 사람 없고 날은 저문다
왕년에, 그래서 어쩌자는 거냐?
왕년에, 도대체 무엇을 기다리는 거냐?
감사하라, 그래도 가끔 시 청탁이 오는 일을.

사랑, 그 불변

하늘이 생긴 이후, 단 한 번
같은 하늘 보여주지 않았다

바다가 생긴 이후, 단 한 번
같은 바다 보여주지 않았다

하늘 아래 삼라만상이 그러하다
바다 아래 위 모든 것 다 그러하지만

그대에게 보낸 첫 웃음 이후
내가 보낸 웃음은 늘 같다

내 심장이 그대를 향해 마구 뛰는 일
처음부터 지금까지 역시 똑같다.

4부

가볍게 말하지 마라

11월의 사랑

—노래하듯이

우리 11월의 은현리 미루나무로 만나자

나는 그대를 향한 한 그루 느낌표로

그대는 나를 향한 또 한 그루 느낌표로 마주 서자

오랜 겨울 춥고 적막한 빈손의 시간이 흘러갔다

봄의 연두 여름의 무성한 푸름 그 뜨거웠던 사랑을 지나

늦가을 만추 활활 불타오르는 시간으로 마주 서라

밤하늘 미리내 별을 펴서 서로 관冠을 씌워 드리자

온몸으로 사랑한다고 노래하지 않아도

11월 빛나는 영혼의 고백과 복종의 자세로 마주 서자

가장 찬란한 느낌표로 마주 서 있자.

오메보시布施

어머니는 우메보시가 상에 오르면 쭈글쭈글한 얼굴 주름 다 펴지듯 활짝 웃는다

시고, 짜고, 검붉은 일본식 매실장아찌인 우메보시에 내 어머니, 군침 감추지 않는 이유는 어려웠던 외가의 내력에서 왔는데

왜정 때 일본 살러 간 외할머니나, 그래서 일본서 태어나 힘들게 자란 어머니나, 그 한 알로 밥그릇 비우는 것은

누대의 간난이 준 신산辛酸한 선물이어서

아흔 외할머니 오랜 병에 입맛 잃을 때마다 어머니 우메보시 올려 밥술 들게 했는데

어머니 또한 약이 밥보다 많아 밥맛 잃을 때 국제시장 뒤져 사 온 우메보시 꺼내 놓으면 어머니 방언처럼 터져 나오는 옛날 펼쳐 보이는데

우메보시가 일본 음식이리 저 붉은 한 알이 왜색이라면, 사각 도시락 가운데 박아 놓아 히노마루 일장기를 닮아 친일이라면

중원 로터리에서 팔거리가 풀려나가며 욱일기를 만들어 놓은 낡은 식민지가 오래 남은 이 도시에서

나는 어머니를 위해 뭇매에 돌팔매까지 맞아도 좋다

우메보시는 찬이 아니라 약이니

어머니가 외할머니에게 내가 어머니에게 입맛 잃지 마시라고 절하며 올린 공양이니

자식이 제 오메를 위해 올리는 것은 우메보시 아니라 오롯이 어머니에게 올리는 오메를 위한

오메보시布施다

오메는 어머니 태 속에서 내가 배운 어머니의 말, 보시布施란 육바라밀 중에서 으뜸이니

이 작은 한 알로 이승에서 큰 복 짓고 간다.

크샤나*의 고래

불가에서 찰나刹那란 75분의 1초인데, 그렇다면 손가락 한 번 튕기는 65 찰나인 일탄지시一彈指時는 얼마나 긴 시간인가

크샤나의 눈으로 보면 찰나에 자갈 해변이 파도에 깎이고 밀려 모래가 되고 모래가 굳어 다시 돌로 돌아간다 그 찰나에 고래가 사람으로 진화하고 시인이 고래로 돌아가는데

고래여, 크샤나의 고래여 우린 같이 새끼 젖 물려 키우는 포유동물로 오늘 동해에서 스친 눈 깜빡할 사이는

찰나를 나누고 또 나누어서 얻은 시간이 준 귀하고 긴 인연인가 그대는 나에 놀라 바다 깊숙이 침잠하고 나는 그대가 열열咽咽하여 목이 우물같이 잠겨 버린 그 순간이 안타까웠지만, 이 얼마나 고맙고 귀한 인연인가.

---

*찰나의 산스크리트어.

줄가자미 맛에 대한 보고

—'혀 위에서 미끄러져 목구멍 속으로 증발했다. 안타까웠으나 황홀했다. 사라졌는데 머릿속에서 몸속에서 붉은 꽃이 피어나는 듯했다. "아니 이런 맛이…." 말은 거기서 멈추고 더 이상의 표현은 끊어졌다. 관능 그 자체였다. 이제 더 이상 다른 회는 먹지 못할 것 같다.'

일본 소설가 무라카미 류

맛의 원형에 닿기 위해 고추냉이나 초고추장 찍지 않았다. 한 점 입에 넣어 조심조심 씹었다. 살과 물렁뼈가 같이 씹혔다. 살은 살대로 뼈는 뼈대로 다른 느낌이 찾아왔으나 이내 하나가 되는 가장 완벽한 식감의 콜라보가 있었다. 이것뿐일까? 갸웃하는 사이, 정월 추운 바다 아직 봄이 멀어 살의 색에 약간의 꽃빛 비쳤을 뿐인데, 그 한 점으로 고향 진해 삼십육만 그루 벚나무 벚꽃이 활짝 피었다 지며 날리는 향기 훅, 퍼졌다. 내가 그 꽃 폭설 속에서 길을 잃고 잘못된 발자국 찍을까 아뜩했다. 맛에 선禪이 있었다. 물 한 모금 마시기 두려웠다. 반의 반 호흡조차 잘못 쉴까 겁이 났다. 두 점 집는 식탁에 이 열락 사라질까 두려워서 젓가락 살며시 놓았다. 이 깊고 오묘한, 시인의 혀를 마비시킨, 천상천하유아독존의 깨달음 같은 줄가자미 첫맛 기억하기 위해.

봄 도다리의 고백

이 봄, 도다리란 슬픈 이름으로 나를 부르지 마라
깊은 바닥에서 단숨에 당신에게로 피어날 수 없는
깊이에 비례하는 아픈 수압에 살과 뼈는 납작납작
두 눈알 비목어인 듯 한쪽으로 휙휙 휙휙 돌아가 버렸
지만
바다 위는 진해 벚꽃 모두 피는 절정의 시간
사람들은 도다리, 봄 도다리라 부르며 나를 찾아와
깊은 바다로 향기로운 안부를 꽃잎 뿌려 흘려보낸다
이 바다 다 씻어 절정수絶情水로 마실 수 있으면
봄마다 윤회하는 인연의 고리를 끊어 버릴 수 있을까
쉽게 잊히지 않아 잠들 수조차 없는
꼭 한 번 당신 얼굴 보고 싶은 열병 같은 죄에
아픈 낚시에 내 입을 건다, 그때 당신은 볼 수 있을 것
이니
내가 어둡고 깊은 곳에서 지킨 순결의 환한 배 밑바닥을
헌걸찬 당신에게만 불 밝히며 고백하는 순백의 처녀를.

꽃에 자결을 허許하라

초고층아파트 베란다에 놓인 꽃 화분
장식으로 놓았다가 죽이는 사람 있다
무술년 개인 양 헐떡이는 여름
낮에는 불볕더위 밤에는 열대야에
문 꼭꼭 닫고 에어컨 윙윙 돌아가지만
화분은 그 여름에 무문無門감옥에 산다
짐승 숨 거둬 갈 때 짧은 한순간이
칼 잡은 사람이 베푸는 자비인데
화분에 뿌리내려 꽃 피운 생명에게
이게 무슨 현대판 꽃 고려장인가
서서히 말려 가며 마침내 고사할 때까지
버려두는 잔인한 꽃의 처형이여
신이여 꽃에 자결을 허許하라
그다음엔 주검 모두 거두어 가서
기름진 땅 위에서 싱싱하게 부활하게 하라
무리 지어 수북수북 피어 창성하게 하라
대대손손 꽃의 이름으로 피어나며
그 꽃으로 극락장엄하게 하라.

침묵시위

—젊은 블랙리스트들을 위하여

한 발자국만 물러서면 세상의 끝인 벼랑에
들풀이 말없이 줄지어 서 있다
침묵한다고 분노하지 않는 것 아니다
통곡하지 않는다고 피눈물 모르는 것 아니다
마디마디 스며드는 위정의 통풍 알기에
아픈 관절 세워 바람 붙잡고 풀은 서 있다
더 이상 밀릴 데가 없는 여기 모국어의 땅
마지막 경계에서 푸른 어깨동무하며
얼마나 외로웠냐며 온기 주고받는다
더 이상 밀리지 말자고, 밀리면 끝이라고
서로 나누는 절망의 힘에서 풀꽃이 핀다
이 시대가 검은 분노를 가르쳐주었기에
분노하는 법이 사는 사람 사는 일이기에
풀이 꽃 피우는 이유는 붉은 분노다
청춘의 분노가 제 상처에서 꽃 피운다
여기 피 꽃 핀다, 저기 피고름 꽃 핀다
이름 불러주지 않아도 지금 살아나는
생명의 풀꽃 흐드러지게 핀다

하나가 둘 되고, 둘이 셋 되고
모두 하나 되는.

인공위성0728

—블랙리스트J

그는 자신이 별인 줄 알았어.
대기권 밖에 떠 초속 10km쯤 속도로
지구 둘레를 도는 작은 별.
지구별에서 누군가 자신에게 눈 맞추며
저 별은 내 별이야 속삭이며
반짝반짝 꿈을 꿀 것으로 생각했어.
오래오래 빛나다 보면
언젠가 어린 왕자가 방문할 것이라
믿었지만, 그러다 알게 되었어.
길고 어두운 골목길에 리스트 들고 숨어
깃털 하나에 큰 몸통 모두 감추고
자신을 통제하고 명령하고 거세시키는
라이방에 감춘 날카로운 눈빛이 있는걸.
자신이 빛나지 않는 별이며
이미 폐기된, 용도 불가의 붉은 도장이 찍힌
별, 가짜별이 되어 버린걸.
별이 아니기에 꿈꿀 수조차 없기에
꼬리별로 사라질 수조차 없는 형벌에

그는 점점 어두워져 갔어. 그리고
어느 곳 아무 하나 그를 불러 주지 않았어.

동백에 대한 편견

동백꽃 보기 위해 봄 오길 기다리지 마라, 그건 어리석은 일이다

엄동설한嚴冬雪寒 추위가 귀때기 얼려 떼가는 날 골라 피는 꽃이 동백冬柏이다

갱물*까지 어는 한겨울 학동 바다, 해변 몽돌 살얼음 잡히는 파도에 맞서 몸과 몸 동글동글 맞대고 달그락 덜그럭 이 악물고 견딜 때

학동동백수림** 당당히 펑펑 터지는 저 붉은 꽃 봐, 저것이 동백이다

볕 좋은 봄날, 같은 나무 같은 가지에 피는 같은 꽃이라고 동백이라 가볍게 말하지 말라

---

*바닷물의 경남 방언.

**천연기념물 233호.

이미 늦었다, 당신은 춘백春柏 보고 기념사진 찍고 갈 뿐이다 동박새마저 시시해서 더 이상 꿀 빨지 않는 날에.

붉은 오로라

시외버스터미널 공중화장실에 쪼그려 앉아
쓰레기통에서 피 묻은 화장지를 보았다
변의 흔적을 감싸고 있는 선명한 핏빛, 누군가
아래 문이 막혀 항문이 찢어지는 피똥을 눴나 보다
세상의 모든 길이 막히고 아랫길까지 막혔을
한 남자가 용쓰다 포기할 수밖에 없는 절망의 색깔이여
흥청망청했던 도시는 일찍 불이 꺼졌다
대량 실직에 대규모 이주가 은밀히 시작되었다
밤이 오기 전에 조선소는 제 아픔 참지 못해 깊이 웅크려
잠들어 버렸다, 하룻밤 자고 떠나라는 친구와 헤어져
폭탄이 터진 듯한 화장실에 쪼그리고 앉았다
먹는 일이 전쟁이라면 싸는 일 역시 전쟁인 도시에서
해고 통지받고 실업자가 된 친구의 고통은
저 피가 묻은 휴지의 색깔과 무엇이 다르랴
남극광에서 볼 수 있다는 붉은 오로라 또한
하늘의 고통이 만들어 내는 일이라고 생각했다
삶이 어려울 때 가장 약한 부분이 터져 만드는
남자의 피눈물은 붉은 오로라이려니

답을 잃어버린 시대에 핀다, 붉은 오로라가
막혀서 찢어진 남자의 상처 위로 피어 흩어진다.

히말라야 작은 별

히말라야 산골학교에
은빛 하모니카 선물로 가져갔을 때
어린 여자아이 깜깜한 새벽에 집 나서
그 먼 길을 혼자 걸어왔네
반짝반짝 작은 별 한 곡
서툴게 배워 하모니카 꼬옥 잡고
다시 걸어 집으로 돌아갔네
아이를 배웅하는데 맨발이었네
나는 두꺼운 방한복까지 입고
눈사람처럼 뒤뚱거리며
아이의 언 손과 언 발
보지 못한 척 외면했는데
장갑이든 양말이든 벗어 주지 못해서
여태껏 가슴 저리는 죄 되는데
어디서 하모니카 소리 들리고
히말라야 한 소녀가 하모니카 불며
굽은 산길 맨발로 돌아가고 있네
눈물 반짝반짝 홀로 가고 있네

하늘의 별들 반짝반짝 빛나며
길 잃지 말라며 조용조용 따라가고 있네.

아마다블람 정상에 롯지를 짓고

히말라야 2,400km 굽이치는 산줄기 중에 가장 높은 산 에베레스트가 솟아오른 지역을 쿰부 히말이라 이름하는데요

그 산 앞에 아마다블람이란 미봉美峰이 있어 해발 6,856m 뾰족한 산 정상에 오르면 적당히 넓고 평평한 평지가 있어 나는 언젠가 아마다블람 정상에 작고 아담한 롯지 한 채를 짓고 싶은데요

산정에 다녀가는 세계의 산 벗에게 청옥 닮은 만년설을 끓여 신비하고 향기로운 커피 한 잔 대접하려는데요

롯지 뒤편으로는 유리 통창을 내어 에베레스트를 도도하게 바라보며 커피 한 잔 마시며 8,848m 도도한 정상에 새벽 햇살 붉게 비추는 장엄이나 저녁놀이 물드는 절대 고독을 바라보고 싶은데요

별이 빛나는 밤 푸른 지구별을 처음 찾아오는 어린 왕

자를 이 산이 바다였을 때 하늘로 솟구쳐 얼음과 눈 속에 숨어있는 고래 떼 부르기 위해 그 고래와 함께 찾아올 박영석이나 김창호, 김홍빈을 기다리며 밤새 가스등을 환하게 밝히거나 쌓인 눈을 치워 롯지로 오는 길 하나 내고 싶은데요

이것이 꿈이거나 객쩍은 낭만이라 말하지 마세요 내 이미 그해 시월 정상에 오른 마산산악동지회 아마다블람 조광제 등반대장*에게 부탁해 아마다블람 롯지 설계 도면을 그곳 눈 속에 깊이 묻어 두었네요

내가 못 하면 또 누군가 같은 뜻 가진 산 후배가 더 멋진 롯지 세울 것이니까요 기대하시라, 그날을 위해 지금 나는 아라비카종 커피나무를 심을 것이니까요.

---

*마산산악동지회는 에베레스트 등반 30주년 기념으로 2019년 아마다블람 등반에 나서 10월 28일 등정했다. 필자도 이 등반대에 참여했다.

풀꽃에 야단맞다

네 이놈, 큰절 올리지 못할망정 이런 흉측함을 보이다니, 시원찮은 물건 감추고 당장 바지 올려!

베이징에서 내몽골 국경까지 버스 타고 국경 수비대 지나서

다시 몽골 국경에서 버스 타고 울란바토르까지

지평선과 지평선 사이로 난 길 하룻밤 자면서 이틀을 버스 타고 엉덩이 짓물러지도록 하염없이 달리다가

가끔 버스 세워 몽골 사막 초원으로 나가 남자는 버스 왼쪽 여자는 오른쪽에서 집단 쉬 하는데

초원 사막 장엄하게 뒤덮은 키 작은 풀꽃이 피운 향기에 아득해지다

들은, 몽골의 짧은 여름 살기 위해 피어난 풀꽃의 벼락

치는 나무람 있었다

별 쬐는 한순간을 살기 위해 긴긴 겨울 눈 속에 묻혀
영하 몇 십 도의 극한을 너는 견디어 보았냐, 고!

백시白詩

북해도 여행길에서 사 온 유리 펜으로
추운 바다를 닮은 블루블랙 잉크 찍어 시를 적었다
내 귀 얇아 주변의 부추긴 장단에 춤추며
그 시 액자에 담아 전시까지 했다
더러 돈 받고 팔려 나갔고 더러는 폼 잡고 선물했다
내 시가 누군가의 어디에서 장식이 되는 것이
부끄러웠다, 나만 즐길 일을 무슨 자랑이었는지
오래 후회했다, 어느 날 누군가 말해 주었다
액자 속 시가 볕에 바래 시나브로 사라지다가
내 도장 찍힌 빈 종이만 걸려 있다고!
이렇게 고마울 수가! 시침 뚝 떼고 말했다
나는 그런 적이 없다고, 그냥 하얀 종이만 건넸다고
종이에 붉은 도장만 찍어 드렸는데
보이지 않는 시를 읽은 당신의 시안詩眼이 대단하다고
그 시가 백시白詩란 내 대표작이라고,

해설

빈손의 시간을 견디는 고래(孤來)의 화엄

이병국(시인, 문학평론가)

진정성의 윤리

정일근 시인에 관해서라면, 오래 전 어느 국어 교재에서 읽은 「바다가 보이는 교실10—유리창 청소」(『바다가 보이는 교실』, 창작과비평사, 1987)가 떠오른다. "겨우 제 이름밖에 쓸 줄 모르는 / 열이"를 바라보며 "착한 세상", "맑은 마음"을 읽어냈던 시인의 시선. 1987년에 묶였다는, 당시의 시대적 배경을 고려하면 시인은 부조리한 세계 속에서 파괴된 인간성의 회복을 어린아이의 마음에서 찾고 있는 것처럼 보였다. 1987년 이후 급격하게 변한 한국 사회와 신자유주의적 자본주의화 된 세계의 양상은 시인이 회복하고자 했던 '착하고 맑은' 인간성을 회복 불능의 상태로 여기게 만든 것이 아닐까 회의하게끔 한다. 어쩌면 이는 극복해야 할 상징적 아비의 부재로 말미암은 것인지도 모르겠다. 그런 점에서 "아비 없는 눈물에서 내 시

나왔"다며 "고해의 밑바닥"에서 "고독하면 깊어지고 / 깊어지면 고통스러운 / 부정할 수 없는 바다의 수압"을 감당하는 '고래'에 시인의 정체성을 투사하는 정일근 시인의 「고래, 孤來」(『기다린다는 것에 대하여』, 문학과지성사, 2009)의 시적 맥락은 의미심장하기까지 하다. 고독한 존재로서의 시인. 더는, 착하지 않은 세계에서 고통스럽기만 한 마음의 압력을 감내해야만 하는 시인이란 존재는 한없이 고독한 것인지도 모른다. 같은 시집에 실려 있는 「시인」이란 시에서 시인은 "마침표를 찍을 것인지 / 마침표를 지워버릴 것인지 / 오래 고민"한다. "시가 문장부호 하나에 / 무거워"지거나 "가벼워질" 것을 알기 때문이다. 시간이 지나 정일근 시인은 "마침표는 죄의식처럼 찍어야 한다"고, "시는 시인과 함께 살아 있는 생물이어서 / 시인의 눈물로 고쳐지고 또 고쳐지며 시는 살아 있"는 것이어서 "시인은 마침표를 모두 풀어줘야 할 것"이며 "그리하여 시를 영원히 자유롭게 살게 해야 할 것"이라고 한다(「마침표」, 『소금 성자』, 산지니, 2015). 시와 시인을 동일성의 신화에 매몰되지 않고 시 스스로 자유롭게 살아갈 수 있도록 문장부호 하나까지도 정제하여 표현해야 한다는 시인의 사유가 숭고한 환희로 다가온다.

이는 시인이 시를 수행하는 삶의 태도에 맞닿아 있다. 시적 자아의 책임감을 포기하지 않으려는 이러한 시인의 양태는 예속된 세계에서 자유로운 개인의 마음을 성찰적 태도로 톺는 윤리로 이어진다. 그럼으로써 정일근 시인이 시를 수행하는 태도는 고독함을 감당하는 '고래(孤來)'가 유일하게 믿을 수 있는 것으로서의 시 쓰기를 긍정하며 이를 삶의 방법론으로 삼아 진정성의 감각을 지속하는 부단한 노력에 근거한다. 시인의 책무가 있다면, 이와 같은 것이 아닐까. 사회학자 김홍중은 『사회학적 파상력』(문학동네, 2016)에서 진정성의 윤리가 사회의 부조리와 억압에 저항하는 반역적 개인성과 연결되어 있으나 사회와 길항하는 개인성이 아니라, 개인이 속한 조직이나 공동체에 기능적으로 복무하는 노동 윤리에 충실한 주체 형성의 원리로 변모함으로써 진정성의 추구가 사회적 순기능으로 전환되는, 소위 '진정성의 덫'이 되어 기능주의적인 효용성으로 전락할 위험이 있다고 하였다. 근래의 시가 시대가 요구하는 윤리에 기능적으로 복무함으로써 당위적인 진술만 반복하는 것에 대해 의문을 제기하는 것이다. 사회적 대의에 즉각적으로 응답하는 시는 공감과 윤리 신념, 의지 등의 감각으로 소통할 수는 있지만, 사회적 사건을 빠르게 내면화하여 발산할 뿐 고통스러운 숙고의 과정을 삭제한 것일 수 있는 것이다. 시인이 수행해야 할 시의 시적 진정성은 그와 같은 즉각적 대응일 수도 있으나 사회와 길항하는 시인에게는 오히려 '孤來'를 감당하려 하지 않고 시를 시인 바깥으로 전이함으로써 시인 자신의 존재론적 성찰을 제거하는 것인지도 모를 일이다.

그런 점에서 정일근 시인이 이번 시집에서 형상화하고 있는 자기 성찰적 태도는 부조리한 세계에서 굴절된 존재로 머무르지 않으려는 단단한 의지를 분명히 한다.

고래(孤來)와 독활(獨活)의 시학

시집 『혀꽃의 사랑법』에 실린 시편들은 시인의 존재론적 성찰과 그로부터 기인한 시적 지향을 충실히 재현한다. 그것은 "날카로운 면도칼로 싹둑싹둑 베어버"린 "펜 혹"의 고통을 초극하는 의지이며 "밤새워 잠들지 않고 가야 하는 시의 길"이자 "길을 잃으면 다시 바닥에서 시작하길 되풀이하다가 / 맨 밑바닥에서 새살이 돋아 공든 탑을 쌓"는 일이다(「시인의 꽃」). 펜을 쥔 엄지와 검지를 단단하게 받쳐주는 '가운뎃손가락'에 맺힌 강렬한 지지의 흔적인 '펜 혹'은 "컴퓨터 자판이 펜인 이 시대에서는 / 절대 열리지 않는 영혼의 문"(「시인의 꽃」)이자 시를 꽃으로 피워 향기를 불러오는 승화의 흔적이다. '펜 혹'은 시 쓰기의 실현태이자 시인의 시적 수행의 잠재태로서 당도한 '孤來'의 실재가 된다. 시인은 "고래의 꿈은 바다의 끝인 푸른 하늘에 닿는 것 / 그곳에서 하늘로 자유롭게 유영하는 것"(「고래, 비치코밍」)이라고도 한다. 비치 코밍(Beach combing)이란 바다에 밀려온 반짝이는 유리알, 조개 등을 찾기 위해 해변을 탐험하는 것을 뜻하였으나 환경오염 등의 이유로 떠밀려온 표류물, 쓰레기 따위를 빗질하듯이 거두어 모으는 행위로 변하였다. 다시 말해 파괴된 환경으로 인해 자유롭게 유영할 수 없는 고래의 상황을 단적으로 보여주는 일이기도 하다. 시인은 "나를 펑펑 울게 하는 소리"로 "고래의 소리"를 감각하며(「고래란 소리가 올 때」) 자유롭게 유영하지 못하는 시인의 현재를 비판적으로 사유한다. 고독함조차 도래하지 못하게 봉쇄된 오늘날의 세계는 익숙한 신체에 "열리지 않는 영혼의 문"을 새기는 일조차 어렵게 만든다. 이러한 시적 수행의 한계를 돌파하기 위한 시인의 분투는 보다 근원적인, 시인의 내면을 향한다.

> 더 이상 세상 바람에 흔들리지 않아야겠습니다. 불혹 지천명 지나며 작은 바람 큰 바람에 흔들리며 휘어지고 꺾어져 아픈 상처 입고 깊은 병 얻어 여기까지 왔습니다. 나이 이순 지나 독활로 다시 일어섭니다. 독활, 비바람 몰아친들 흔들리지 않는다는 말이지요. 나에게 당당하여지자는 약속이지요. 쌍떡잎식물 산형화목 두릅나뭇과의 여러해살이풀인 땅 두릅나물의 이름 또한 독활이고, 이 봄 밥상 위의 맛이며 좋은 약의 이름이지요. 바람에 상처가 난들, 또 덧난들 이제 무슨 대수겠습니까. 상처가 스승이어서, 병이 스스로 약을 찾아내는 일 아는

이 나이에 들어.

「독활獨活—서시」 전문

'독활(獨活)'. 단순하게 풀이하자면, '홀로 살아감'. 그러나 세계와 불화하며 단독자로 남아 있겠다는 것이 아니라 "비바람 몰아친들 흔들리지 않"고 "나에게 당당하여지자는 약속"이며 "봄 밥상 위의 맛"과 "좋은 약"으로 존재하겠다는 시인의 굳은 다짐의 표상이라 할 수 있다. 당연하게도 이는 "불혹 지천명 지나며" 온갖 고난과 고통을 경유한 삶의 과정이 있었기에 "이순 지나 독활로 다시 일어"설 수 있는 것이리라. "휘어지고 꺾어져 아픈 상처 입고 깊은 병 얻"었더라도 그게 "이제 무슨 대수겠"느냐는 시인의 목소리가 들리는 듯도 하다. 물론 이러한 깨달음과 달관이 쉽게 성취될 무엇은 아닐 것임을 안다. 저 고난과 고통은 그저 시인 개인이 감내해 왔던 사적 층위가 아니다. 1987년 첫 시집을 상재한 후 지금까지 이어져 온 시인의 세계 감각이 투영된 것으로 보는 것이 옳을 것이다. 고통스러운 시대와 상황들이 "세상 바람"이 되어 우리의 삶에 지울 수 없는 상처로 각인되더라도 이에 분노하고 탄식하는 데 그치는 것이 아니라 그로부터 마땅히 지녀야 할 마음의 자리, 실천의 자리를 품어 안으면서 그 너머의 무언가, 이를테면 "쌍떡잎식물 산형화목 두릅나뭇과의 여러해살이풀인 땅 두릅나물"처럼 맛과 약이 전할 시적 대속으로까지 나아갈 수 있는 것이다. 과거를 거쳐 온 지금 여기를 최선을 다해 앓고 더 나은 자리에 '나'를 우리를 놓을 수 있도록 "스스로 약을 찾아내는 일"이 필요한 이유가 여기에 있다.

"여기저기 숨은 내 생의 구석구석 닿지 못하는 부자유에" "등짝 갈라져 피가 나도록 고통스러운 시를 쓰기 위해서"(「고통, 고래」) 시인은 "시 속에 활화산 같은 불씨"와 "깊은 우물" 혹은 "산불"과 "잘 벼린 칼 한 자루"를 놓아두고자 한다(「시를 쓰려면」). 씨와 물 그리고 불은 시를 자라게 하지만 이렇게 쓴 시보다 더 중요한 것은 시인 자신의 만족이 아닌 독자의 마음에 꽃이 피도록 하는 것이다. 칼은 독자의 마음에 꽃이 피지 않을 때, "그 자리에서 스스로 제 목을"(「시를 쓰려면」) 치는 데 쓴다. 이때 '꽃'은 시를 향유할 때 얻을 수 있는 기본적인 앎의 만족이나 정서적 동일시일 수도 있겠으나, "시간을 소진해서 생명이 사라지는 언저리"를 앓고 고통을 경유하여 "빈손으로 온 생을 불 밝히며 들고 가는 꽃 한 송이"으로서의 고독한 삶, 그 내밀함의 맨 얼굴과 화해하는 일일 것이다(「독거의 꽃」). 정일근 시인은 이러한 시의 길을 "오는 곳 모르니 / 가는 곳 또한 모르"는 저 "보이지 않는 길" 위에 "발자국 남기지 않고" 가는 것이자 "깡깡 언 얼음 속에서 / 홍매화 피는 소리 피처럼 낭자하게 짖"으며 황홀에 도취하지 않고 절망과 고독을 기꺼이 수용하는 과정으로 여기는 듯도 싶다(「시詩로 가는 길을 묻기에」). 아마도 이것이 말(言)의 사원(寺)을 짓는 일이자 시(詩)의 본질인지도 모르겠다.

은현리 복사꽃 활짝 피자 꽃샘추위 왔다

시인은 어쩌나 어찌하나 말 걱정뿐인데

복사꽃 나무 제 꽃으로 붉은 목도리 짜

제 몸 꼭꼭 두르고 뜨뜻하게 서 있다

시인이 호들갑 사랑해 줘 봤자지

내 이럴 줄 미리 다 알고 있었다며.

「복사꽃 목도리」 전문

사람이 물들이는 색이 어디 있나요.
꽃과 풀, 햇볕과 바람과 물이 물들이지요.
당신에게 고백하지 못한 아픈 눈물이 얼비치며 물들이지요.
언젠가 다 날아갈 색을 위해 물들이는 것이지요.

「쪽빛 화엄華嚴」 부분

정일근 시인의 몇몇 시편에 깃든 심원한 종교성은 차치하더라도 구도자적 시인의 면모는 앞서 살펴본 시에서 오롯하게 피어난다. 이는 자연으로부터 길어 올린 시심에 기인한 바가 클 것이다. 화엄은 인위적인 개입이나 기율에 기인한다기보다 일정한 거리를 두고 성찰함으로써 자연과 존재를 있는 그대로 받아들이는 데에서 비롯한다. 꽃샘추위 속에서 복사꽃 활짝 피워내는 자연은 시인의 "말 걱정"과 관계없이 "붉은 목도리 짜" 제 몸을 따뜻하게 한다. 대상을 규정하거나 침범하여 왜곡하는 인간의 개입을 거부하는 자연의 품격. "사람이 물들이는 색"은 대상의 사물성과 순수성을 침범하는 인위적 행위일 따름이라 화엄으로 수렴되는 자연의 형상과는 거리가 멀다. 어떠한 인위적 개입 없이도 자연은 "꽃과 풀, 햇볕과 바람과 물이 물들"며 그 자체로 충만할 줄 안다. 또한 "언젠가 다 날아갈 색을 위해 물들이는 것"으로 욕망에 휩싸이거나 소유하려 들지 않는다. 이를 종교적인 염결성을 지닌 채 시를 수행하는 시인의 구도로 볼 수 있을 것이다. 세계의 고뇌를 체화한 채 말의 사원을 짓는 일, 비록 그것이 인위적인 언어로 수행되는 일일지라도 삶의 과정으로서 반성과 성찰을 전유하여 물드는 일이라면 이는 시인이 화엄에 이르는 길에 닿을 것임이 분명하다. 그때 "사람이 수국으로 활짝" 피고 "수국이 사람으로 걸어 나"오는 물아일체의 결정적 순간을 경험할 수 있을 것이라고 정일근 시인은 말하는 듯하다(「수국이 피는 풍경」).

반질(反質)의 성찰

시인의 시적 수행은 오랫동안 자연의 시간과 그 흐름을 삶의 시간과 흐름으로 체화하며 이루어진 것임을 안다. 시인은 "풀리지 않는 시에 고민하다 백 살이 넘은 은현리 음나무 찾아가 답을" 묻기도 하는데 자연은 시인에게 도리어 "반질反質"한다. "머꼬? 백 년 가지 못하는 시는 써서 뭐 할라꼬. 백 년 견디지 못하는 종이에 그 시 찍어 또 뭐 할라꼬."(「머꼬?」) 시인의 물음에 대답하지 않고 역으로 시인에게 되물음으로써 스스로 깨닫도록 하는 음나무의 반질은 시인의 존재를 탐구하는 결정적 계기가 된다. 시를 통해 무엇인가를 표현하고 그려낼 것인지는 시인의 몫이겠으나 그것이 어쩌면 영원과 영속을 꿈꾸는 시인의 헛된 욕망은 아닌지 되짚어보도록 하는 자연의 되물음에 답하는 것 역시 시인의 염두에 두어야만 할 것이다. 저 음나무의 반질은 즉물적인 완결에 집착하여 시를 풀어내려고만 하는 방식에서 벗어나 시를 유예하고 우회하여 바라보는 태도를 요청하는 것인지도 모르겠다. 이는 자신의 삶을 성찰하는 데로 연결된다.

사는 것이 무엇인가 내가 내게 묻는다
마산 중성동을 지나 창동으로 걸어가면서
그 자문의 답에 대해 골똘히 생각한다
추억과 인연이 있는 이 골목 저 골목마다
나를 부르는 사람이 담방담방 나타났다
불쑥불쑥 사라졌다, 가슴에 묻은 이름은
가장 빛나는 별이 된다고 믿었다
별이 되지 못해 고장 난 가로등 아래
낡고 허물어진 담벼락에 기대어 아직 울고 있는
생몰연대가 괄호 속에 갇힌 가엾은 영혼은
내가 내게 던지는 질문에 답을 하지 못한다
창동 지나 불종거리 지나 오동동으로
가다 뒤돌아보면 따라오는 야차가 많다
통술집에 같이 앉아 빈 잔마다 술을 붓는다
사는 동안 사는 것이 무엇인지는 모르는데
죽은 사람이 사는 일을 어찌 알겠는가마는
결코, 찾지 못할 답인 줄 알면서
결국, 대취해서 비슬비슬 집으로 돌아간다
그래 사는 동안은 살아내는 것이 인생이니
오늘을 살아야 내일이 오는 것이니
내 발로 내 생을 돌리며 지구를 돌리며 간다
살다 그 답을 알지 못한 채 사라진들 어떠하냐며.

「사는 것이 무엇인지—김종삼풍風으로」 전문

길게 인용한 이 시는 "사는 것이 무엇인가"를 묻는, 삶의 본질을 찾고자 하는 구도의 기록이다. 어쩌면 이 질문은 자연의 본질을 삶의 본질로 기입하기까지의 내적 고뇌의 흔적일 수도 있다. 이 시의 화자는 "추억과 인연이 있는 이 골목 저 골목"을 걸어가며 '사는 것'의 본질이 무엇인지 답을 구하지만 "답을 하지 못한다". '나'를 부르는 사람이 나타났다 사라지는 곳에서 "가슴에 묻은 이름은 / 가장 빛나는 별이 된다고 믿었"지만 "괄호 속에 갇힌 가엾은 영혼"만을 마주할 뿐이다. 별은 "몇 줄 약력"(「왕년에, 왕년에—한국현대문학사」)으로 남은 것인지도 모른다. 시인으로서 한국현대문학사에 기재된다는 것은 영광이겠으나 그것은 오늘을 사는 데에는 별무소용일 것이다. 그저 과거의 기록으로 남을 뿐, 결국 "죽은 사람"으로 무화되어 몇 줄 문장으로 박제될 따름이다.

공허와 무의미한 권태를 재생산하는 일은 사는 것이라고 할 수 없다. 그러니 "야차"의 유혹에 넘어가 "대취"하는 것만이 유일한 위안인지도 모를 일이다. 삶의 의미를 왕년의 기록에서 찾고자 하는 일만큼 무의미한 일도 없을 것이다. 지난 성취를 돌아보는 것은 시간의 흐름, 자연의 흐름을 역행하는 것으로 불필요한 일임이 분명하다. "하늘 생긴 이후, 단 한 번 / 같은 하늘 보여주지 않"(「사랑, 그 불변」)은 것처럼 삶은 언제나 변화의 와중에 놓여 있다. 변하지 않는 것이 있다면 그것은 변하는 것을 두근거리며 수용하는 마음일 것이다. 다시 말해 "사는 동안은 살아내는 것이 인생"이라서 "오늘을 살아야 내일이 오는 것"임을 직시하고 "내 발로 내 생을 돌리며 지구를 돌리며" 사는 것, 살아내는 것이 중요할 테다. 삶의 진정성은 자연의 운동성을 당위적 기율로 인정하면서 인위적인 왜곡으로부터 일상을 재건하고 부조리를 타파하는 데 있다. 시간이 흘러 "시는 사라지고 백지만 남아 있"(「큰일 났다!」)다 해도 불안할 이유가 없는 것도 마찬가지 이유일 것이다. "살다 그 답을 알지 못한 채 사라진들" 큰일이 나는 것도 아닐 테니까 말이다.

그런 점에서 시가 세계의 썩은 상처를 치유하는 수단이 되어도 좋지 않을까. 이순에 이른 시인이 독활로서의 정체성을 정립하였듯이 사회의 병을 치유하는 수단으로서 시를 재정립하는 것도 분명 시인의 책임감에 응답하는 것일 수 있다. 이는 이번 시집에서도 분명하게 드러난다. 이전 시집에서 "소금을 순금보다 소중하게 모시며 // 자신의 당나귀와 평등하게 나눠 먹는 사람"(「소금 성자」, 『소금 성자』, 산지니, 2015)으로 형상화했던 것처럼 정일근 시인은 시를 통해 삶의 치열한 순간을 목도하는 한편, 사회와 세계로부터 소외된 열외자의 곁에서 그가 삭제된 존재가 아닌 실체를 지닌 존재이자 이 사회의 구체적 구성원임을 밝히는 시적 수행을 지속해 간다.

한 발자국만 물러서면 세상의 끝인 벼랑에
들풀이 말없이 줄지어 서 있다
침묵한다고 분노하지 않는 것 아니다
통곡하지 않는다고 피눈물 모르는 것 아니다
마디마디 스며드는 위정의 통풍 알기에
아픈 관절 세워 바람 붙잡고 풀은 서 있다
더 이상 밀릴 데가 없는 여기 모국어의 땅
마지막 경계에서 푸른 어깨동무하며
얼마나 외로웠냐며 온기 주고받는다
더 이상 밀리지 말자고, 밀리면 끝이라고
서로 나누는 절망의 힘에서 풀꽃이 핀다
이 시대가 검은 분노를 가르쳐주었기에
분노하는 법이 사는 사람 사는 일이기에
풀이 꽃 피우는 이유는 붉은 분노다
청춘의 분노가 제 상처에서 꽃 피운다
여기 피 꽃 핀다, 저기 피고름 꽃 핀다
이름 불러주지 않아도 지금 살아나는
생명의 풀꽃 흐드러지게 핀다
하나가 둘 되고, 둘이 셋 되고
모두 하나 되는.

「침묵시위—젊은 블랙리스트들을 위하여」 전문

'풀꽃'을 전유하여 민중의 생명력과 강한 저항 의지를

표상하는 이 시는 “붉은 분노”로 충만하다. 그러나 분노를 구체적 폭력이나 통곡으로 분출하지 않는다. 오히려 침묵함으로써 “이 시대”를 향한 날 선 외침을 가능케 한다. 시대의 블랙리스트에 오른 열외된 존재의 침묵은 ‘쓰레기가 되는 삶’(바우만)의 자리, 그 폐기된 곳으로 내몰린 이들이 “한 발자국만 물러서면 세상의 끝인 벼랑에 / 들풀이 말없이 줄지어 서 있”는 것처럼 “마지막 경계에서 푸른 어깨동무”를 하며 “서로 나누는 절망의 힘”을 통해 “풀꽃”으로 피어나도록 하는 기제가 된다. 청춘의 열정을 박탈하는 세계의 폭력에 맞서 “제 상처에서 꽃 피”우고 더 나아가 “피고름 꽃”을 피우며 “이름 불러 주지 않아도 지금 살아나는 / 생명의 풀꽃”으로 흐드러지게 피어남으로써 세계에 대한 분노를 연대의 가능성으로 전유한다.

시대의 폭력, 세계의 참혹은 「제주 폭낭」에서 그려지듯 여전히 시간을 초월해 지속하며 추상적 고통이 아닌 “4월의 총소리”로 존재의 신체에 각인된다. 각인된 고통은 존재를 타자로 전락하게 한다. 그러나 ‘풀꽃’의 생명성을 목도한 시인에게 이는 좌절과 절망이 아닌 시적 전회의 계기가 된다. “찰나刹那”의 시간성. “크샤나의 눈으로 보면 찰나에 자갈 해변이 파도에 깎이고 밀려 모래가 되고 모래가 굳어 다시 돌로 돌아”간다는 것(「크샤나의 고래」). 침묵은 찰나의 혁명을 가시화하며 “찰나를 나누고 또 나누어서 얻은 시간”(「크샤나의 고래」)을 체화한 “하나가 둘 되고

/ 둘이 셋 되고” 다시 “모두 하나 되는” 신성한 순간의 재현을 예언한다. 다시 말해, 그 어떤 과격한 저항보다 “입 꾹 다물고 스스로 곡기 단칼로 자르듯 끊어”내듯 침묵이라는 “죽음의 형식”을 재현하는 것이야말로(「죽음의 형식」) 상처를 나누는 존재의 연대를 가능케 하고 사회적 구성원으로서 그들의 기투가 불러오는 변혁을 예감하게 하는 것이다.

정일근 시인이 형상화한 침묵의 저항은 외부 세계에 대한 의식적 거부를 드러내는 것이기도 하지만 역설적으로 내면을 들여다봄으로써 존재의 이면을 성찰하는 계기가 되기도 한다. “여름 가뭄 불더위에 열대야”의 지구를 향해 “짜증내며 투덜거리”면서도 그것이 “내 잘못”이라는 점, “내 탓, 네 탓 / 모두 사람 탓”임을 반성적으로 돌아볼 수 있는 것도 침묵의 형식이기에 가능한 일이다(「내 탓, 네 탓」). 이는 “깊이에 비례하는 아픈 수압에 살과 뼈”(「봄 도다리의 고백」)가 납작해지는 고통의 이면을 직시하는 것이며 “긴긴 겨울 눈 속에 묻혀 영하 몇 십도의 극한을”(「풀꽃에 야단맞다」) 견디고 봄을 맞이하는 내적 수행이다. 그럼으로써 침묵은 존재를 과잉으로 이끌지 않으며 그 어떤 발화보다도 분명한 의지를 표명하는 한편에서 세계와의 공존을 모색하는 “소이부답笑而不答”(「공존의 이유」)의 적극적 실천의 양태로써 존재를 성찰하고 그로부터 밖을 향해 힘껏 내달릴 수 있게 한다. “해고 통지받고 실업자가 된 친구의 고통"(「붉은 오로라」)과 "죄 없이 줄 서는" "검은 난민"(「독수리 난민」)의 가혹함과 같이 안전망이 확보되지 않은 각자도생의 사회를 향해 단호한 침묵의 표정을 던지는 것이야말로 삶에 대한 섣부른 화해를 거부하는 투쟁이 아닐 수 없다.

침묵의 사원

나무가 제 몸 찢어 가지에 하늘길 내어 준다
가지가 제 살 찢어 꽃에 땅의 향기 내어 준다
입춘이 먼 삼동설한 가장 추운 날에
여기 산사에서, 가장 뜨거운 홍매화 꽃피우는 이유는
빈자의 일등一燈으로 삼라만상을 밝히는 일이다
자신이 가진 것 모두 다 내어 주고 받는 축복이다
사람이 사람답게 사는 일이 저런 자세야 할 것이다
다 주고 남은 빈손으로 아침이 즐겁다면
남루한 간난艱難이래도 저녁이 넉넉하다면
그대여 이 홍매화 붉은 꽃 곁에 나란히 서라
사는 세상 넘치도록 고맙게 복 짓는 저 선물 받아라.

「선물」 전문

"제 몸 찢"고 "제 살 찢"어 가지와 꽃에 길과 향기를 내어 주는 나무의 메타포야 말해 무엇하랴. 자신의 고통을 감당하며 꽃을 피워내는 일은 가난한 존재의 등불이 되어 삼라만상을 밝힌다. 가난이야 그저 남루에 지나지 않는 것이겠다. 그보다 "자신이 가진 것 모두 다 내어 주고 받는" 것이야말로 "사람이 사람답게 사는 일"일 것이다. 존재가 자신을 지켜내는 일은 "다 주고 남은 빈손으로" "남루한 간난"의 저녁을 넉넉히 품어 꽃으로 피어나는 일이라고 시인은 말한다. 화엄이 이르는 삶의 양태가 있다면, 그것은 자신의 전 존재를 다 내어 주고 "가슴속 들끓던 인생 한바다가 고요"(「황금세월을 사다」)한 순간을 넉넉히 품으며 "홍매화 붉은 꽃 곁에 나란히 서"서 "순간의 계절이 지나면 나는 사라질 것"(「혀꽃의 사랑법」)임을 아는 데 있을 것이다. "내 지고 나면 그것을 내 시라고 이름해"(「때죽나무꽃인 듯」)주길 바라는 시인의 진정은 존재의 부재 이후에도 단단하게 피어날 침묵의 사원이 되어 헤아릴 수 없는 향을 내어줄 것이 분명하다. 시편들의 끝에 죄의식처럼 찍은 마침표는 시의 종결이 아닌 그 너머를 향해 자유롭게 퍼지는 와중에 마주하는 기착지인지도 모르겠다.

정일근 시인의 시가 지닌 진정성은 사회적 윤리의 당위론적인 응답을 넘어 자연의 섭리를 삶의 방식으로 일체화함으로써 이를 존재의 연원으로 삼는 데 있다. 그런 점에서 정일근 시인의 시적 발화는 침묵을 경유한 '孤來'의 반영태라 볼 수 있겠다. 시대와 사회, 이 세계를 온몸으로 앓으며 "오랜 겨울 춥고 적막한 빈손의 시간"(「11월의 사랑—노래하듯이」)을 견디는 고독한 존재의 내면을 톺는 시인은 만추의 계절에 닿아 삶이 내어 주는 선물을 우리에게 넌지시 읊는다.

시인 정일근

경남 진해에서 태어났다. 경남대 재학 중인 1984년 『실천문학』(통권5호)과 1985년 한국일보 신춘문예로 등단했다. 시집 『바다가 보이는 교실』 『경주남산』 『마당으로 출근하는 시인』 『기다린다는 것에 대하여』 『방!』 『소금 성자』, 한영대역시집 『저녁의 고래』 등이 있다. 시와시학젊은시인상, 소월시문학상, 지훈문학상, 이육사문학상, 김달진문학상 등을 수상했다. 경남대 교수를 거쳐 현재 같은 대학 석좌교수로 시창작을 강의하고 있다. 「시힘」 동인이다.

정일근 시집

혀꽃의 사랑법

1판 1쇄 펴낸 날 2023년 7월 28일
1판 2쇄 펴낸 날 2023년 8월 8일

지은이 정일근
펴낸이 김완준

펴낸곳 모악

출판등록 2016년 1월 21일 제523-251002016000004호
주소 경북 예천군 호명면 강변로 258-52, 201호
이메일 moakbooks@daum.net

ISBN 979-11-88071-60-9 03810

* 몰개는 모악의 임프린트입니다.
* 이 책의 내용을 재사용하려면 모악의 서면 동의를 받아야 합니다.

값 12,000원